D1729309

ISBN 3-900301-92-1

Der glückliche Fischer

Eigentümer, Herausgeber und Verleger:

Mangold Verlag, LDV Datenverarbeitung Gesellschaft mbH., Graz

Druck: Tiskarna Tone Tomšič, Ljubljana, Slovenija

Der glückliche Fischer

Petra Ernst - Paul Mangold

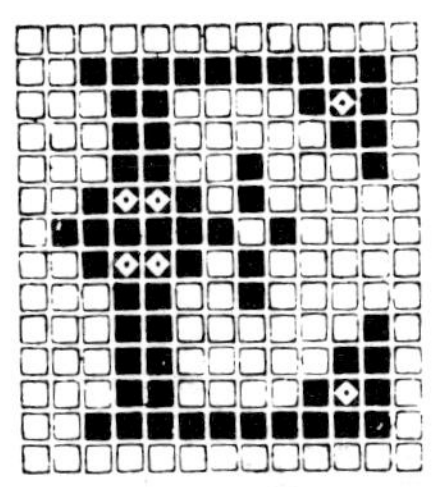

s war spät geworden,
als Kapitän Cosimo mit seinem
kleinen Boot am Kai anlegte.
Er war müde und ein bißchen traurig,
weil er den ganzen Tag über nur ein paar Fische gefangen hatte.
Seit vielen Jahren fuhr Cosimo hinaus aufs Meer,
aber in Küstennähe, wo ihm früher die prächtigsten Exemplare
ins Netz gegangen waren, zog er nur noch Abfall,
alte Autoreifen oder verfaultes Holz an Bord.
Immer weiter mußte Cosimo hinausfahren,
und immer später kehrte er deshalb nach Hause zurück.

Manchmal dachte Cosimo daran,
sich zur Ruhe zu setzen.
Doch einmal wollte er
noch einen großen Fang machen -
wie früher!

F12
FORTUNA

Als Cosimo am nächsten Tag seine "Fortuna" startklar machte, hatten ihn Kapitän Rocco und Kapitän Pieter Matjes wieder einmal in die Zange genommen.

MAX
IDA
F12
FORTUNA

Aus der Höhe ihrer gigantischen Fabrikschiffe - auf ihnen wird der gefangene Fisch gleich zu Konserven weiterverarbeitet - verspotteten sie Cosimo.
"Altmodisch" nannten sie ihn.
"He, Cosimo, paß auf, daß du in unserer Bugwelle nicht absäufst", polterte Rocco,
als sie in See stachen.
Und Kapitän Matjes,
der immer das letzte Wort haben mußte,
setzte abfällig nach:
"Deinen abgetakelten Kahn
würde ich ja nicht einmal als
Rettungsboot an Bord nehmen".

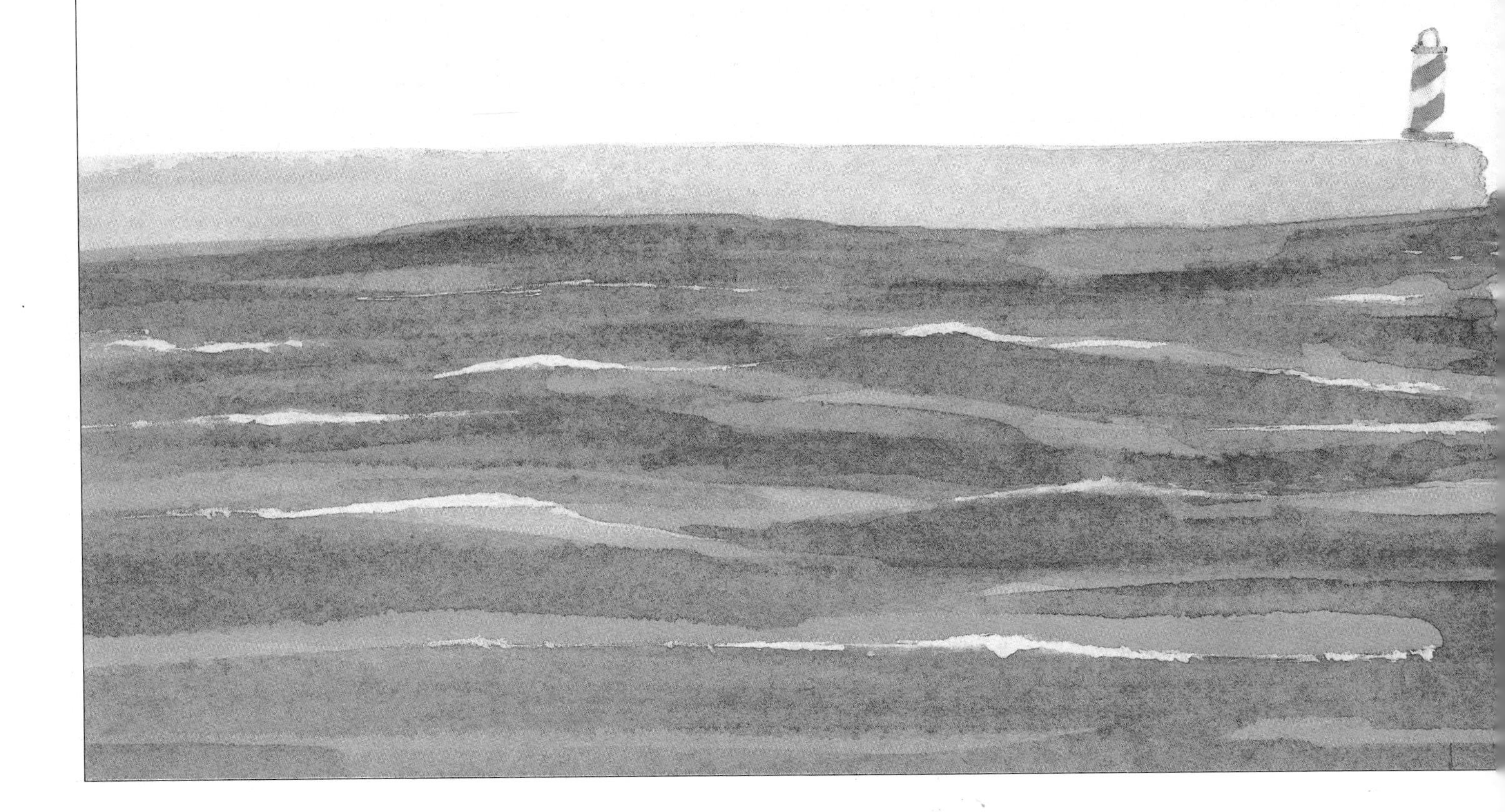

IDA
IDA
MAX
MAX
FORTUNA

Cosimo war froh,
als Rocco und Matjes endlich außer Sichtweite waren.
So gut es ging, versuchte er, zu arbeiten und warf die Netze aus.
Doch mit seiner Ruhe war es für heute aus und vorbei.
Sein Fischerstolz war durch die dummen Bemerkungen
schwer gekränkt worden, und Cosimos Gedanken
wurden vor Ärger immer schwärzer.
So achtete er nicht darauf,
daß auch der Himmel dunkler geworden war
und die Wellen immer höher schlugen.
Erst das heftige Schaukeln der "Fortuna"
riß Cosimo aus seinen Grübeleien.
Da ging es schon los!
Im Bauch des Schiffchens purzelte alles durcheinander,
auf Deck rollten die Eimer scheppernd hin und her,
und "schwupps" - auch das noch -
der gesamte Fang des Tages
wurde von einer Welle ins Meer zurückgespült.
Cosimo fluchte laut vor sich hin,
als er plötzlich
orangefarbenen Rauch bemerkte.
Was war das?

FORTUNA

Tatsächlich, ein Notsignal . . . und da sah er auch schon das Schiff von Pieter Matjes. Cosimo besann sich nicht lange und nahm darauf Kurs.

MAX
MAX

Als er näher kam, erkannte Cosimo "November Charly",
die SOS-Flaggen. Matjes mußte sich in höchster Gefahr befinden.
"Die Elektronik des Schiffes ist ausgefallen", brüllte Matjes
in den Sturmwind.

Cosimo hatte sofort verstanden.
Um zu verhindern,
daß das manövrierunfähige Schiff
auf die nahen Felsenriffe zutrieb,
hatte Cosimo Matjes ein Seil zugeworfen.
Und nun tuckerte das Schiffszwerglein
mit dem Schiffsriesen im
Schlepptau in Richtung Küste.

MAX
MAX

Als die beiden den Hafen erreichten,
hatte sich das Meer wieder beruhigt -
nicht aber Kapitän Cosimo.
Er hatte sein aufregendstes Abenteuer bestanden
und fühlte sich mit seiner kleinen "Fortuna" stärker
als Rocco und Matjes zusammen.
Nie wieder würden ihn die beiden auslachen.

In seiner heimlichen und stolzen Freude
dachte Cosimo gar nicht daran,
daß ... ja, daß ihm als Retter des in Seenot geratenen Schiffes
nach altem Seerecht dessen gesamte Ladung zustand.
Und so kam es, daß Cosimo an diesem Tag
so viele Fische verkaufen konnte -
wie früher.

MAX

Lange stand er am Kai
und pries lautstark seine Ware an.
"Fische, frische Fische,
heute zum Sonderpreis", schrie Cosimo begeistert.
Daß er noch einmal so große Beute heimbringen würde,
hatte er nicht zu träumen gewagt.

F12

Nachdem ihm die Schiffsgesellschaft
von Kapitän Matjes
auch noch eine hohe Belohnung ausgezahlt hatte,
konnte sich Cosimo endlich zur Ruhe setzen.

Auf seine "Fortuna", das Meer und das Fischen
wollte er aber doch nicht verzichten, und man sah ihn
auch weiterhin jeden Tag hinausfahren . . .

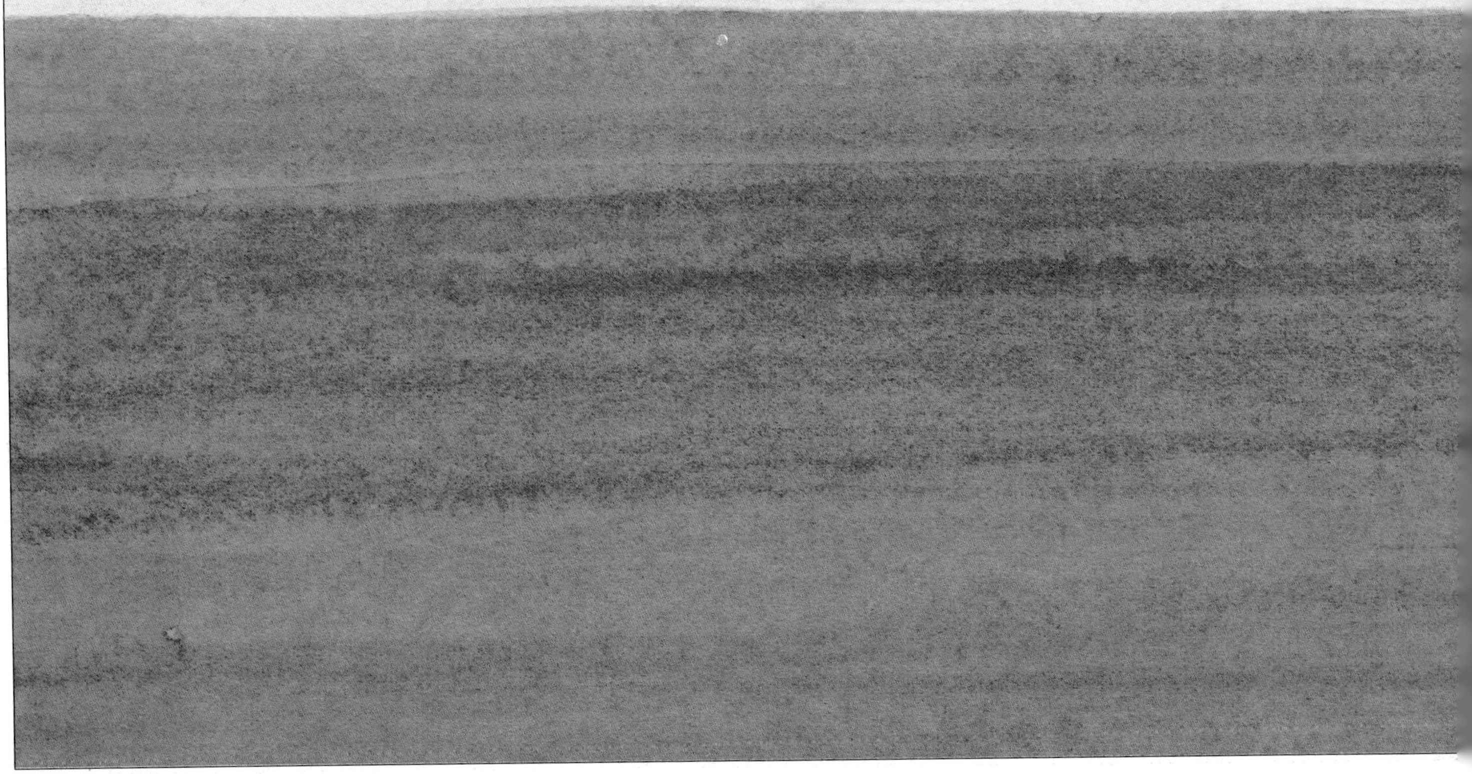